U0066672

影像的秘密

THE SECRET LIVES OF IMAGES

李煒——著

文敏——譯

影像的秘密

THE
SECRET
LIVES
OF
IMAGES

目錄
Contents

影像的秘密

THE
SECRET
LIVES
OF
IMAGES

Chapter 01

你見過這樣的表情。無數次。

它接近渴慕，不過欲望強了些，同時又不止一點兒傻。明知可望而不可即，卻還是想要得到、擁有、霸住，內心深處已開始垂涎三尺。難怪這樣的人一臉呆相。難怪你也熟悉這表情。因為再也沒有比它更老套的故事了：一個男人看上了一個女人。

不過，還是有一點能讓故事脫離俗套。這裏的他曾是世上最有權勢的人物，至少有那麼幾年是。而她——譽滿天下卻又聲明狼藉，且永遠都將如此。

怪嗎?讀下去吧。

•

這故事,恰到好處地在舞臺上開場。雖然背景是熙熙攘攘的柏林,那天傍晚的觀眾卻稀稀拉拉。而且「到場的小貓兩三隻」——故事的女主人公多年後回憶起來——「恐怕還是從主辦方那兒拿到的免費票。」但一個藉藉無名的小姑娘表演獨舞——誰又會想來湊這樣的熱鬧?

好在她沒把現場人數放在眼裏,整晚都陶醉在自己的舞蹈中。平生萬種情思,俱堆舞步;天然一段風韻,全在身形。非但如此,婀娜多姿的她,獨樹一幟,風格殊異。才二十一歲,就已經是自己所有舞蹈的編舞了。

節目結束時掌聲大作。至少,多年後,她是如此描述自己的首演的。唯一能確定的是，所有那些批評家——甚至對她的天賦並不抱有期待的那些——他們全都注意到了她的外貌。「一位天生麗質、身段曼妙的年輕舞者」，一名舞評家讚頌道。她的長相「確實令人愉悅」——又一名舞評家情不自禁地加入進來——「尤其考慮到當今舞者有此特點的是如此稀少。」

親愛的讀者，請允許我介紹里芬斯塔爾（Leni Riefenstahl）。

•

一九二三年的這場首演完全展現出她的行事風格。無所畏懼、意志堅強的她，不會被任何障礙嚇退，不會向任何挫折讓步。不過，話又說回來，誰會想要拒絕一個漂亮的小姑娘？

應該是這種巧妙的組合——她的膽量、她的意志、她的長相——而非卓越的天賦，讓她開啟了自己的舞蹈生涯。接下來的六個月裏，她跳了七十場舞——直到膝蓋嚴重受傷、無法再踏上舞臺為止。

禍中確實有福。因為哪怕是歐洲規模最大的戲劇院、舞蹈界名聲最響的角兒，也都無法與大銀幕上那些星光四射的男女主角相匹敵。

仗著天大的膽子，她直接去聯繫了一個陌生導演，開門見山地告訴對方，自己想要替他演戲。導演名叫芬克（Arnold Fanck），本是地質學家，拍過一些自然紀錄片。不消說，是他的第一部面向大眾的影片引起了她的注意。讓所有人都大吃一驚的是，芬克馬上聘她當自己下一部影片的女主角。像所有男人那樣，他似乎也迷上了這個深髮女郎。

至少她是如此記敘自己生命中的最新篇章。但事實真相也許更俗套些。她當時的男友——照她自己的說法，那人只是死追著她不放而已——無論如何，那男

一九三八年他生日那天。她渾身魅惑，他樂不可支。誰在乎中間那個男人？此時此刻，這世界只有她和他兩人。

人告訴總是短缺資金的芬克，他願意贊助拍攝新影片的費用。

好在她沒辜負眾人對她的期待；她確實是做明星的料。片約一部部到來，她一口氣替芬克演了五部電影，成為德國最廣為人知的面孔之一。

即便如此，她想必還是意識到那些電影不可能讓自己登峰造極，當上影后。芬克擅長的是所謂的「Bergfilme」：高山電影。這種片子總是派一些肌肉發達的傢伙去克服險惡的環境：崇山峻嶺、冰天雪地、懸崖絕谷。女性角色有如盆栽花朵，純屬裝飾。最大牌的明星永遠是大自然。這正是里芬斯塔爾的逆境所在。她被困在一些不需要演技的角色之中，只消有勇氣徒手攀山，跳入冰湖，抵擋雪崩就行。

在那名「死追著」她的男人的支持下，她採取了最具雄心的措施：自任導演——以及編劇、剪輯師、出品人和主角。她的三重特質再次發揮作用。鋼鐵般的意志、大無畏的精神、狐狸精的外表聯起手來，幫她找到一些心甘情願為她效力的男人（永遠都是男人）。於是便誕生了一部名為《藍光》的電影——以及世上第一位風格獨具的女導演。

令人訝異的倒不是這部攝於一九三二年的影片會讓一個比她年長十三歲的男人魂牽夢繞。早在二〇年代晚期，他就已經被她在芬克影片中的一個角色征服了。不，真正難以置信的是，這個男人竟然不久後會要求她把即將在紐倫堡舉行的政黨集會拍成影片。

親愛的讀者，請允許我介紹希特勒。

•

不難想像，不少人都咽不下這口氣。希特勒的人選不但沒拍過紀錄片，她甚至不是納粹黨員。再說，區區一個女人懂什麼政治，更不必說男子情誼了。地道的男子情誼。畢竟，這個黨當時的老二——羅姆（Ernst Röhm）——是公開的「同志」；他周圍不少人也都是。

依據希特勒手下最有才幹的部長斯皮爾（Albert Speer）的說法：

作為集會中履行職責的唯一女性，（里芬斯塔爾）經常與黨組織發生爭執。一開始，她好幾次都差點激起反叛。她是一個非常自信的女人，口無遮攔地迫使一個男性世界服從她的意願，得罪了不少這個向來敵視女性組織的重要人物。陰謀開始策劃，誹謗四處散播……都為了要拉她下臺。

最下流的一招是指控她母親為猶太人。好在調查及時證明她血統「純正」，讓她能執行希特勒的任務。

似乎一眨眼的工夫，所有對她的敵意都煙消雲散了。連那些一心一意想暗算她的傢伙都得承認她給他們的黨帶來了無比的榮耀。她的首部紀錄片《信仰的告捷》甚至超過了希特勒的期待。誰會料到流氓土匪竟能如此上鏡？坦率地說，早期的納粹黨不過是一群混混，整天在街頭找人打架。共產黨員也好、社會主義分子也罷，只要是他們瞧著不順眼的，他們全都要找碴兒。

儘管影片大獲好評，僅僅一年後——一九三四年——希特勒卻要她重拍一遍。無止境地翻拍經典作品：這不是好萊塢的慣用伎倆？

但這個特別喜歡別人稱他為「Führer」（元首）的傢伙，他確實有充足的理由提出這要求。直至一九三四年中期，他的頭銜只是徒有虛名（「Führer」的直譯其實是「領導」）；他並不能自己做主，凡事都得考慮到羅姆的反應。後者不僅是他的老戰友，還是衝鋒隊的頭子。到了一九三〇年代初，這個全副武裝、全身褐衣的組織已有超過三百萬的成員。

為了剷除「褐衫黨」帶來的威脅，希特勒策劃了一場被人稱作「長刀之夜」的血腥大清洗，三天內把對頭全給收拾乾淨。唯一剩下的問題是《信仰的告捷》。羅姆和他的手下在片中佔據極其重要的地位。有好些鏡頭他甚至就站在希特勒身邊，兩個納粹領袖一起閱兵。

毫無疑問，所有影片的拷貝都得銷毀。為了徹底磨滅大眾對它的記憶，還必須找到取代品；即將到來的新政黨集會需要拍攝下來。里芬斯塔爾的任務是通過影像來協助納粹黨的新生。

她確實做到了這一點。她甚至超越了自己。再也沒有比《意志的勝利》更優秀的政治宣傳片了。

影像的秘密

THE
SECRET
LIVES
OF
IMAGES

Chapter 02

早在一九三一年，柏林就贏得了夏季奧運會的主辦權。只可惜兩年後當權的希特勒，怎麼也提不起勁兒來辦一場平等對待所有人種的比賽。反而是他的宣傳部長戈培爾（Joseph Goebbels）說服了他；第三帝國可以利用一九三六年的奧運來開展公關。在開幕前的那段日子裏，針對猶太以及其他「非雅利安」種族的不平等條例全部暫停實施；帶有種族歧視性的指示牌一律拆除。突然間，任何人都可以在柏林的大街小巷自在遊逛。

作為當時全球最紅的紀錄片導演，里芬斯塔爾理所當然得替運動會掌鏡。為了讓自己看起來中立，帝國借她的名義成立了一家電影公司，私底下為專案投入大筆資金。這讓她在戰後得以聲稱拍攝奧運並非希特勒的旨意，而是她自掏腰包的成果。

作為「領導大人」最欣賞的藝術家之一，她自然獲得了全權委託。這麼一來，她可以完全忽視戈培爾的建議，要求她輕描淡寫任何「非雅利安」運動員的勝績。不僅如此，她還無所顧忌地沉湎於自己對人體的癖好，借用一個又一個身材完美的運動員來頌揚人體的美與力。

這件分上下兩部、總名為《奧林匹亞》的作品把運動紀錄片提升到藝術的境界。連對球鞋與臭汗不感興趣的觀眾也被片中那些把自己身體推向極限的男女運動員所傾倒。唯一的缺憾——至少對那些反納粹的人而言——是少數幾個鏡頭中有行納粹禮的運動員，身穿制服的納粹軍人，以及領導大人本人。

至於《奧林匹亞》的導演，她被一個又一個歐洲電影節封為大師。一路笑眯拍攝《意志的勝利》中間休息時。當電影的主角讓他眉開眼笑。為了配合他，她笑得有點誇張。她的白色臂章表明了自己是攝製組的一員。值得表揚的是，她從未把它換成他帶的那種萬字臂章。

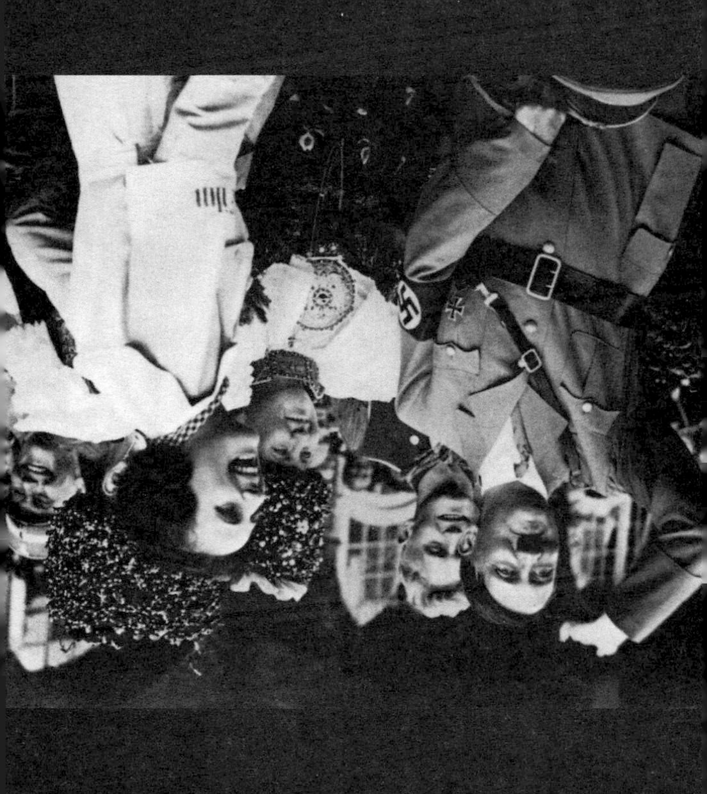

瞇的走遍半個地球，才發現好運沒陪她到美國。就在她訪問新世界的第五天，「水晶之夜」在德國爆發。這場大規模的反猶暴動震驚了全世界。作為第三帝國當時在北美最負盛名的代表人物，她一再被媒體拷問。大部分原先說好要接待她的人都取消了會面。好萊塢當著她的面摔上大門。

「要是這該死的猶太問題能離開報紙頭條就好了」，失望的導演據說如此抱怨。「一旦有新的八卦可聊，美國公眾很快就會忘記那檔子事。他們不該把罪扣在我頭上。」

誰知，若干年後，最後這句話將成為她的口頭禪？

影像的秘密

THE
SECRET
LIVES
OF
IMAGES

Chapter 03

傑作的問題就在於：它們是傑作。它們為所有人設立了很高的標竿，連設立者本人也難再度躍過。

創作了兩部大片之後，里芬斯塔爾要如何再接再厲才能不墜威名？

琢磨了半天，她決定改編一齣十九世紀的戲《彭忒西勒亞》，並親自飾演劇名角色。依據故事大綱，這名亞馬遜女王會愛上阿喀琉斯——古希臘詩人筆下最偉大的武士——並因為他而喪失生命。這樣的情節能助她返回自己一直偏愛的電影類型：浪漫的悲劇。之前她以最低成本拍攝《藍光》；現在她有領導大人撐腰。這等於製片商是國庫。她想要花多少錢都不是問題。《彭忒西勒亞》必將成為一件舉世無雙的作品。為了掌握角色的每一處細節，她甚至學會了如何躍上奔馳的馬。

可惜人算還是不如天算。使她成為帝國名媛的那個男人，突然間毀了她所有計畫。他命令軍隊進攻波蘭，迫使後者的盟友法國和英國向德國宣戰。第二次世界大戰正式開始。國家資源既然被用來征服歐洲，她耗資巨大的片子只能擱置一邊。

德國戰敗後，她會聲稱，如果她在戰爭期間沒拍宣傳片，那並不是因為沒有人求她。戈培爾就一再請她考慮一個又一個項目。可是當時她早已和納粹政權斷了關係。她逃避現實、遠離戰爭的方式是集中精力拍攝《低地》，一部她早在一九三四年、完成《信仰的告捷》後就開始的片子。

事實上——談到里芬斯塔爾，總得補上無數句「事實上」——德國的坦克隆隆駛入波蘭十天後，她便帶領自己的攝製組去前線。她的任務，她還在邊境時奉告一名德國將軍，是「執行希特勒的命令」。她要替帝國紀錄戰爭的進程。

到頭來，這個素以果敢出名的女人，似乎才剛抵達目的地就失去了勇氣。讓她坐立難安的倒不是槍林彈雨，而是一些遭到德軍嚴酷對待的波蘭平民。她看不慣這種行為；她要求施暴者馬上住手。他們卻反過來威脅她，還說要斃了她。就在那一刻，她聲稱，她被人抓拍了一張戰後會變得非常有名的照片。照片中的她一臉驚駭的表情。她真的以為自己即將丟掉小命。

這解釋用在別的女人身上，確實合理。用在她身上，荒唐至極。她是帝國家喻戶曉的人物。她的宣傳片是服兵役年齡男人的「必看電影」。她與納粹高層的緊密關係也不是秘密。哪個大頭兵想上軍事法庭，敢用槍口對準她？

事實上——又是這句短語——在波蘭的第二天，她更有可能目睹的，是一場無辜百姓的大屠殺；受害者全都是猶太人。換言之，針對所謂「低等民族」的滅絕行動已經開始。她只不過是倒楣倒到了家，在錯誤的時間出現在錯誤的地方。

無論如何，作為前線的貴賓，她立即向那些士兵的司令投訴，很快又讓自己抽身事外。二戰接下來的時間，她將全身心投入《低地》。

事後看來，她確實做出了明智的選擇。倘若她留在前線，一旦那些早期輕易獲取的勝利轉成僵局，隨後又變成一場接一場的慘敗，她要如何是好？

也許她的祖國因她的旋即離去一樣交到了好運。戈培爾的一名下屬就嘲弄道：「我們想必會輸掉波蘭之戰，因為軍隊想要行軍的話，就得按照她的方式做。」

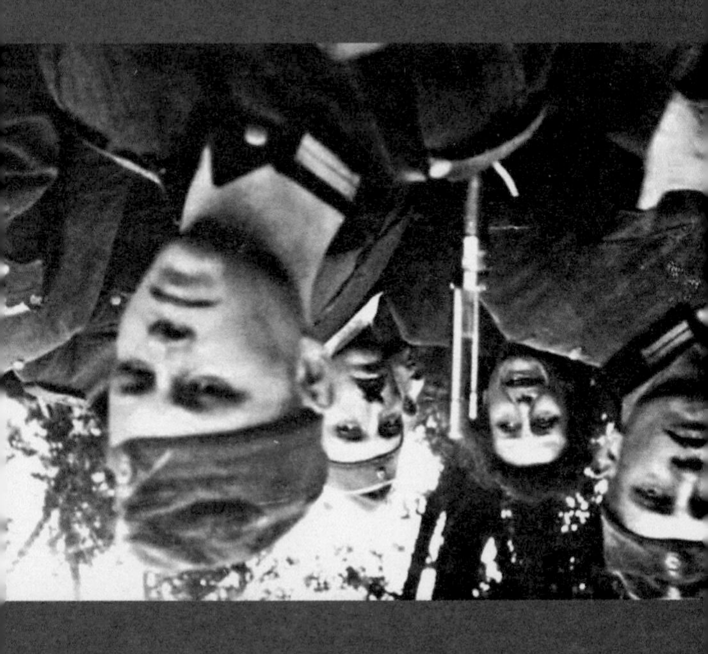

一九三九年九月十二日，在波蘭的孔斯凱小鎮上。猝不及防之下，她被拍了這張醜陋的相片。無論她看到的是什麼，都不可能是好事。站在她最前面的士兵開始皺眉。最左面的愣住了。敏感的她已哭出來。

德軍對她的完美癖確實不陌生；他們替她的《自由之日》扮過角色。這部半小時長的紀錄片是這麼回事。一九三四年拍攝納粹黨集會時，她認為軍隊部分的影像不夠出色，不配在《意志的勝利》中露面。所以，第二年集會時，她特別拍了一場軍事演習，以彌補之前的遺漏。但結果還是無法和《信仰的告捷》相比，更別提《意志的勝利》了。畢竟，適用於紀律片的招式就那麼幾套，而她早已為兩部黨的集會耗盡了心血。

不管怎樣，希特勒還是全力支持她拍《低地》，雖然從許多方面來看，這不過是《藍光》的一首變奏曲，連黑色浪漫的氣氛都如出一轍。不過，考慮到《低地》源自領導大人最愛戴的歌劇之一，她想不取悅他也難。唯一的問題是，她是否想用此片來抵償那部她無法替他拍的戰爭紀錄片？

單憑她的背景，在戰後就會遇到麻煩。這不是說沒人願意跟她合作——其實大有人在，無論是被她的才華吸引，還是想用她的惡名小撈一筆。如果最終沒有一部電影拍成，也許只能怪她自己的點子不夠好。滑雪片和高山電影，舞蹈紀錄片，《藍光》的翻拍：這些想法全都屬於另一個時代。那時的觀眾還算天真，多半也都沒見過世面。如今，電影已不年輕。她也一樣。

或許這就是她轉向攝影的原因。與其像街頭小販那樣，沿街叫賣自己的腳本，從一家電影公司的門外喊到另一家，她想必發現，只要對準鏡頭按下快門，無論拍的是什麼都要比奉承投資商愉快得多。

為了找到靈感，她去了趟非洲。選那裏，她說，是因為她讀了一本有關在非洲打獵的書。也有可能她只是想離開歐洲。在這裏，她的過去就像烏雲似的，總是沉甸甸地壓在頭頂，隨時都有可能來場傾盆大雨，毀掉她的一切安排。

無論如何，非洲讓她一見鍾情。她一再返回，拖著塞滿了膠捲的行李箱。在第一次旅遊時，她無意中發現了一張登在雜誌上的照片，拍的是兩個來自努巴山區的土人。這些原始部落的男人讓她想到古代武士。她立即去蘇丹尋找努巴部落，不但結交他們為友，還和他們一起居住了好些日子。努巴族成為她最早兩本攝影集的主題。

如果她以為這世上再也沒有比這些畫面更遠離納粹形象，她可就錯了。第一本努巴書籍出版沒多久，她就遭到攻擊。她的審美觀，一名評論家說，依然是法西斯式的。她只不過是把「納粹黨衛軍的黑制服」換成「努巴人的黑身體」而已。

這樣的譴責想必讓她火冒三丈；哪怕是多年後，她仍在抱怨自己被冤枉。努巴男人，她堅稱，「就長得那樣」。「當然，你可以刻意避開他們的美。但我無法這麼做。」

她確實迴避不了美；她從沒停止尋找它，而且老是在一些令人敬而遠之的地方：高山、沙漠——現在她又發現了深海。在出版努巴攝影集的前幾年，她對潛水產生了濃厚的興趣。七十一歲的她，成了全世界最老的潛水夫。誘惑她的是深海中那些五顏六色的生物。不消說，她很快便開始用相機捕捉它們。那些照片會發表在她接下來出版的書籍中。一向缺乏幽默感的她，竟然還開了個玩笑：「據說我的電影推廣了法西斯美學，我把努巴人拍成了納粹黨衛軍，這麼聲稱的那些人肯定也能在我的水底攝影集裏發現褐衫黨魚。」

就這樣，深海成了她最後的避難所。她年復一年的潛水、拍攝。也許斯洛文尼亞哲學家齊澤克（Slavoj Zizek）的俏皮話真沒說錯；問題不是「她什麼時候死」，而是「她到底會不會死」。她挺過了希特勒，挺過了自己祖國的分離，又挺過了它們的統一。她挺過一次嚴重的車禍，還挺過一次直升機墜毀——而且還是在九十七歲的時候。也許她同樣能挺過自己的死。

豈知她其實是想從生命中喚出更多可以流傳後世的東西。在一百零一歲嚥下最後一口氣之前，她終於替自己的電影全集添加了新作：一部名為《水下印象》的紀錄片。在序幕中，她直接對著觀眾說話，敦促大家為保護自然多出一份力。除此之外，整部片子沒有情節，沒有言辭，只有色彩斑斕的生物在深水裏嬉逐。因為她知道，光是影像就足足有餘了。

影像的秘密

THE
SECRET
LIVES
OF
IMAGES

Chapter 04

所有那些自願為納粹政權效勞的人當中，僅有少數幾名擁有一流才賦。除了里芬斯塔爾和斯皮爾，最常被提及的還有作曲家施特勞斯（Richard Strauss）、政治理論家施米特（Carl Schmitt）、哲人海德格爾（Martin Heidegger）。

施特勞斯堅稱自己之所以同意出任帝國音樂局的局長，是為了減輕納粹意識形態對音樂造成的毒害。他確實把自己擱得高高在上，對一般俗人充滿輕蔑（包括領導大人；後者的音樂品味令他吐血）。相比之下，施米特與海德格爾無疑是熱衷的納粹支持者。前者在帝國體系中恩榮備至（即使獨裁政體也需要法律的偽裝）；後者卻被打發到一邊涼快去（哪個政權有閒工夫研究晦澀難懂的哲理？）。但無論這些人與帝國的關係是深是淺，他們都遠離權力中心。

斯皮爾和里芬斯塔爾就不一樣了。他們一個是希特勒的御用建築師，一個是他最寵愛的導演。兩人都從他身上獲益匪淺。兩人都堪稱他的朋友。

不出所料，戰後兩人都盡可能撇清自己與領導大人的關係。兩人都標榜自己是不懂政治的藝術家。兩人都聲稱自己對以「種族純潔」名義進行的大屠殺毫不知情。

與斯皮爾不同的是，里芬斯塔爾從未加入納粹黨。考慮到她常與帝國最高層人士交際，這的確是一大成就。她有本領婉轉地一再謝絕大家的催請；領導大人都拿她沒轍。

在波蘭前線訪問部隊。應該是她到達的那天（一九三九年九月十一日）。從她周圍一張張微笑的臉來看，她顯然大受歡迎。據當時見過她的一名將軍回憶，她瀟灑的制服基本上出於自己的設計。

所以，如果她不是一個納粹黨員——如果連法庭都澄清了她的聲名，說她從未直接參與第三帝國的罪行（戰後有四次聽證會審查她的案件，其中三次判定她沒被納粹意識形態「感染」〔betroffen〕，一次判定她僅是一名「同情者」〔Mitläufer〕）——那麼，她究竟犯了什麼錯？

她為第三帝國拍了四部影片。也就是說，為自己的祖國。其中一部可說是為後來的作品進行的排練（《信仰的告捷》），一部是附錄（《自由之日》），但另外兩部確實成果卓著（《意志的勝利》和《奧林匹亞》）。這算是罪行嗎？從藝術的角度來說，唯一的罪是創作蹩腳的藝術。

話雖如此，電影理論家巴拉茲（Béla Balázs）很久前就指出：

一個導演處理鏡頭的方式反映了他對主題的態度——他的愛，他的憎，他的悲，他的蔑。所以電影媒介才有宣傳力。導演不必證明自己的觀點；他讓我們用眼睛領悟。

這樣看來，里芬斯塔爾無疑是納粹共犯；她美化了第三帝國，使千百萬觀眾對它心馳神往——時至今日依然如此。

但巴拉茲還是忽略了一件事。並非只有影像揭示了導演的個人偏好；同樣能達成效果的還有他歸功的方式。

以里芬斯塔爾為例，她常把別人的功勞攫為己有。巴拉茲本人就是她的受害者之一。儘管他為《藍光》作出至關重要的貢獻，寫了大半的劇本，還協助她拍那些她自己無法專心當導演的場景（因為她還需要做演員）。但此片在第三帝國時期重新上映時，他的名字和其他幾名猶太人的一樣，全都被刪掉了。原因也許只是為了走捷徑。根據納粹的新法令，任何有猶太人參與的電影，一律不能在電影院裏播放。

但她還是比一般人多走了一步。當巴拉茲問她要報酬時，她向官方遞交了一份針對「猶太佬巴拉茲」的投訴。好在巴拉茲當時已離開了德國；除了徒勞無益之外，他沒受到傷害。關鍵是，她為何要在同事背後捅上這麼一刀？是為了省點錢（她當時並不缺錢）？還是說她過於「同情」納粹思想，其實早已被「感染」了？

巧的是，「死追」了她多年、幫她進入電影圈的那個男人——他也是猶太人。或許這能解釋她為何後來否認他曾是自己的情人（對方的說法剛好相反）。如果第三帝國名氣最大的女人曾經心甘情願地被一個種族「低劣」的男人玷污，這豈不將成為一大醜聞？

甚至在她多年後的回憶錄中，她也儘量避開這個早年對她幫助最大的男人的種族身份（他還支付了她頭幾次舞蹈演出的場地費用）。她理所當然也不會在書中提起對待巴拉茲的可恥行為（恰好相反：她厚著臉皮聲言後者「自願合寫劇本，不收費用」）。她一再強調的，是當周圍環境改變時，自己有多困擾和迷惑：

> 我們已得知……希特勒當上了總理，但我們還沒聽說五月份在大學門前的焚書事件，也不知道猶太人在所有城市遭受抵制只是迫害的開始。我深感不安並且驚慌。

又譬如：

> 越來越多的朋友和熟人通知我，他們已離開德國……我仍然無法理解發生了什麼可怕的事情。

奇怪的是，這個對所有事情都困惑不解的女人，卻聲稱自己曾經當面批評過希特勒的種族觀點——而且還是在他們第一次見面時。純粹出於好奇，她去聽他演講（他當時正在競選總理）。就像千百萬她的同胞那樣，她傾倒在他的魅力之下。果敢如她，不久便給候選人去了一封信，表達「私下裏」見面的願望。

美女自己送上門來，哪個男人有本事拒絕？德國未來的領導大人馬上答應。依據她自己的說法，在幾小時的相處中，他直截了當地告訴她：「一旦我們掌握了大權，你一定要替我拍電影。」她同樣直率地回絕了他：「我拍不了這樣的片子——我必須與拍攝對象有深刻的關係，不然我沒辦法創作。」

言之有理。但她又聲稱自己還補了幾句話：「請不要誤解我來訪的意思。我對政治毫無興趣。我無論怎樣也不可能成為你們的黨員。」

她說，希特勒「驚訝地」看著她。「我絕不會強迫任何人加入我的黨。等你年紀稍微大些，更成熟一點後，或許你就能明白我的想法了。」

受到了鼓舞，她便順杆而上：「畢竟，你有種族偏見，如果我生為一個印度人或猶太人，你甚至連話都不會跟我說。所以，我怎麼能夠替一個把人類分作三六九等的人工作呢？」

她得到的回答，是能想像的答覆中最溫和的那個：

「我真希望我周圍的人都能像你這樣直言不諱」，他平靜地說道。這就是我們之間的談話。

或許她只是在瞎編故事。但也說不定領導大人真的對她情有獨鍾。為何不？

在紐倫堡，信步走過一排士兵。儘管她一身平民服裝，看起來卻像是他們的長官。

哪個男人不愛美女兼才女？

•

其實，能用在她頭上的稱號，最貼切的並不是「同情者」，更不是「種族主義者」或「反猶者」，而是「投機分子」。

據她所言，第一次見到希特勒時，他就想找她拍電影。因為與他觀點不合，她便推辭了。問題是，全世界都知道她確實為他拍過電影，為何她還要多此一舉，做這樣的申明？只是為了指出她從未認同他的想法？還是說像魔術師那樣，她想把大家的注意力引到別的地方，以便隱藏不利於自己形象的真相？

遇到他之前，她已經完成了《藍光》；照她所說，他極為欣賞這部片子。關鍵是，那時的她，仍然覺得自己的主要身份是演員。哪怕是一年半後，當她向新成立的帝國電影局提交申請書，她還是選擇了演員來定位自己的專業。（那時，凡是想在圈裏混就必須成為電影局的成員。因為這機構不收猶太或其他種族的人，納粹影業一夜間便「雅利安化」了。）

事實上，繼《藍光》之後，她又替芬克演了一部電影：他們合作的第六部。一日片子拍完了，她似乎遲疑不決，不知道下一步該怎麼走。一方面，正如她在一九三三年出版的《冰雪之搏》一書中所說：

> 我研究過攝影機和鏡頭。我瞭解膠片和濾鏡。我剪輯過電影，知道怎樣才能製造新效果。不知不覺中，我一直被推往這方向……我看所有的東西都好像是通過鏡頭——這是我無法改變的事實。我想自己來塑造影像。

另一方面，她沒有寫劇本的功底，不擅長對白，甚至不清楚什麼樣的故事才能引人入勝。所以她需要像巴拉茲這樣的作家做拍檔（少了這樣的人才，她戰後的電影計畫自然全軍覆沒）。

但真正讓她自我描述為女演員具有揭示性的原因是，當她申請加入電影局時（一九三三年十月），她已經快剪接完《信仰的告捷》了。也就是說，雖然她已經在為希特勒工作，她還是不確定自己是否有做導演的能耐，也不知道接下來會不會有其他的導演工作。

然而，在希特勒首次提出給她工作與確實分派給她任務的期間（一九三二年春到一九三三年秋），她一再找機會與他會面，然後通過他又認識了其他納粹高層。既然她對政治不感興趣，為何硬要與這些人物混在一起——如果不是盼望希特勒當選後，會兌現諾言？

難怪她與領導大人交往最密切的那段日子，就是在《信仰的告捷》拍攝前後。說穿了，她是在向他獻殷勤，想要他贊助自己的事業。《信仰的告捷》大獲成功後，一切都改變了。她正式開啟了自己的導演生涯，他則需要全身心投入國家大事。

不過，在帝國剩下的十三年光景裏，他依然是她的靠山。甚至不用提他的名字，光提他下屬的，就足以讓任何一個礙事的傢伙心驚膽顫。假如她想調用某個已經與別人簽了合同的攝影師，她只需告訴負責分派資源的電影局官員：「在我通知鮑曼（Martin Bormann）先生之前，我敬請閣下……使用所有權利，以避免造成任何不便。」既然沒人想嘗試鮑曼先生有可能造成的「不便」，她總能為所欲為，達到目的。

即使在戰爭接近尾聲時，她也享有一般人無法想像的特殊待遇。柏林被攻克的前八個月，困獸猶鬥的帝國再次調查所有行業，從五行八作中拉出所有還能服兵役的男人。只要能站得住，哪怕是用來當肉牆也好。如同大多數企業，里芬斯塔爾也在用公司名義庇護親朋好友。當某個納粹官員詢問是否也該檢查她那裏時，上級簡潔地回覆道：「對（但客氣點）。」來自一個以冷酷無情著稱的政權，括弧中的指示，無異於皇恩大赦。

影像的秘密

THE
SECRET
LIVES
OF
IMAGES

Chapter 05

一家電影公司，就算是里芬斯塔爾的，竟能在納粹黨統治世界的藍圖上佔據重要的位置——其實，任何有聽說過全球電影票房年度收益的人，都不會對此感到驚訝。

沒錯，在電影誕生後的十多年裏，沒幾個人看好這種藝術；知識份子尤其不屑一顧。德國小說家德布林（Alfred Döblin）就曾在一九〇九年挖苦道：

電影院是治療酗酒的最佳方式……接下來的十年，或許肝硬化和先天性癲癇的頻率會減少。別剝奪人們享用低俗小說和電影院的樂趣：他們需要這種垃圾食物的營養，因為他們嚥不下已經磨成粉的大眾文學，也不愛喝哪怕是摻了水的道德。

當然，受過良好教育的人士會遠離這種地方，謝天謝地電影至少默默無言。

不消說，大銀幕不會沉默太久。即使在默片年代，它對整個社會的影響力也日益增強，它的利用價值跟著上升。早在一戰時期，英國和她的盟友就開始炮製大量的宣傳影片，意在顛覆德國的形象，摧毀德國民眾的士氣。

據一戰時德軍位列第二的將領的說法，電影是德國慘敗的主因之一。「面對敵人的宣傳戰，我們就像毒蛇面前的一隻兔子。」（正是這個將領——魯登道夫〔Erich Ludendorff〕——在戰後推廣了「總體戰」這一概念。簡言之，要想徹底打敗敵人，就得不擇手段，動員一切資源，包括媒體。）

她笑容滿面地仰望一名黑人運動員，不但沒有歧視之心，反而充滿了欽佩之情。美國的一名黑人運動員在柏林奧運會上贏得了最多的金牌，讓納粹政權無地自容。他們原本想借用活動證明「雅利安人」的優越性。

一向能迅速吸取教訓的德國，很快就擴大了自己的電影業，規模上僅次於好萊塢。希特勒奪權後，馬上又建立了一個「大眾啟蒙宣傳部」。由戈培爾領導的新部門將監管一切文化事務，確保社會中的所有思想都符合納粹意識形態。

自稱是影迷的戈培爾，當然關注電影。他很快也發現，自己的職位幾乎每週都有紅利可圖：大批年輕姑娘找上門來，不惜一切代價要成為明星。

作為一個受過最高等教育的知識份子，戈培爾確實有別於希特勒；他並不排斥新藝術——包括共產國家的藝術。他還特別挑出蘇聯導演愛森斯坦（Sergei Eisenstein）的傑作來鼓勵德國電影界。「難以置信的作品」，他這麼形容《戰艦波將金號》；「無可企及的電影藝術」。問題在於：「任何世界觀不堅定的觀眾都有可能因為這部電影而成為共產黨員。這證明政治偏見確實可以融入藝術作品中。哪怕是再糟的偏見也能借用出類拔萃的藝術作品來繁殖。」

創造出能促進納粹事業的傑作便成了帝國的頭等大事。「越能精確展示我們信念的電影，征服世界的可能性就越大。」

•

毫無疑問，是希特勒，而不是戈培爾，「發現」了里芬斯塔爾的真才。也許不該說「發現」。但這正是問題所在。一九三三年的紐倫堡集會是納粹黨掌握政權後的第一個大規模活動。如此富有歷史價值及象徵意義的事件，為何要委託給一個生手處理？就連里芬斯塔爾本人也從未提出合理的解釋。

即便如此，他不可能找到比她更合適的導演。她替他打造了一個良好的形象。考慮到他情緒不穩，又常誇張作態，這絕非易事。（喜劇天王卓別林就注意到他的一舉一動其實都帶有滑稽成分，所以才以他為藍本拍了爆笑片《大獨裁者》。）

與領導大人一起看完《信仰的告捷》後，戈培爾在日記中草草寫下：「希特勒很感動」；他當然會感動；哪個獨夫不愛看自己出風頭？但其他人也都認為這部影片懾人心魄。連懂點藝術的戈培爾都稱它為一部「交響曲」。原因相當簡單。它不像一部紀錄片。至少在它之前不曾有過這樣的片子。

里芬斯塔爾應該意會到了紐倫堡年度集會的本質：其實它是一種宗教儀式。成千上萬的納粹黨員聚集一處，通過他們共有的信念，像擴音機一樣大量增強了彼此的興奮（法國社會學家涂爾幹〔Émile Durkheim〕稱這種現象為「集體歡騰」）。如果把這樣的場面直接錄下，結果只能是一份呆板的新聞報導。要想喚起活動當時的氣氛，就得跳出紀錄片的框框。

她用來跳出傳統、越過舊例的主要手段是別出心裁的剪輯。多年的舞蹈訓練，使她深諳節奏與節拍的奧妙。再加上特別為電影製的配樂，所有場景都賦予了明顯的韻律感。與此同時，她還借鑒了劇情片的特點，讓整件作品自始至終有一條清晰的「敘事弧」：首端、發展、高潮、結尾。電影開始於朝陽初升的紐倫堡。市民們醒來迎接嶄新的一天。黨員們抵達城市為集會做準備。希特勒從飛機上下來。接著是集會本身的精彩部分，包括閱兵。最後是一個漫長的蒙太奇鏡頭：一面萬字旗在雲層之上高舞飛揚。

毫無疑問，故事的英雄是希特勒。里芬斯塔爾不斷切換他的特寫鏡頭和紐倫堡狂喜市民的「反拍鏡頭」，以此表示他深受大眾的喜愛。像神祇一樣他從天而降。他是集會的動因，是萬人的偶像，是德國的希望以及她輝煌未來的化身。

•

老實說，里芬斯塔爾並不是第一個合併電影類型的導演，把紀錄片當劇情片——甚至實驗電影——拍攝。蘇聯大師維爾托夫(Dziga Vertov)在一九二九年就已發表了一件標新立異的大作：《持攝影機的人》。雖然這部默片號稱「膠片式的真相」，記載了蘇聯建立後老百姓的「幸福生活」，不少鏡頭都不是現場實景，而是經過排練、特意製造出來的。更重要的是，維爾托夫使用了各式各樣的前衛特技：重疊的影像、異常的拍攝角度、快慢動作，甚至倒過來播放的片段。

里芬斯塔爾從維爾托夫身上學到了多少，甚至有沒有看過《持攝影機的人》，就不好說了。她的確用到了他的大部分技巧，但也從未說明那部片子與自己的關係。不過，如果連戈培爾都熟悉愛森斯坦的作品，像她這麼一個不願意放過任何細節的藝術家，不可能沒有研究過蘇聯電影。

她一絲不苟，甚至有點認真過頭：這樣的特徵自然決定了她的工作方式。她愛用大批的攝影師從各種不同角度同時拍攝每一場景。若結果還是不理想，她便要求大家重新來過——即使在奧運會上（男子撐竿跳的選手就為她一次又一次「飾演」了自己先前的比賽）。

毫無節制的大量拍攝意味著海量的素材，足以壓垮任何一個導演。她卻沒有。憑著鋼鐵般的意志，她負重前行，審視每一米曝光的膠片，從中挑選最佳片段，再按照自己的節奏感加以剪輯排列，然後天衣無縫地將所有鏡頭連接在一起。

這也是她後來不再提及《信仰的告捷》的原因之一。拍它時，她還沒有完全掌握取景的技巧，也沒想到某些場景會需要不同角度的鏡頭來剪接。這導致她不得不採用低於自己標準的素材。如此湊合出來的片子勢必好壞參差、素質不一。

聽著自己的演講錄音練習姿勢。如果不是他那張令人熟悉的臉孔，這會被誤以為是一個不入流的藝人在飾演馬克白或理查三世。

為了避免再次發生這樣的事，她拍攝《意志的勝利》時雇用了一百七十人。拍《奧林匹亞》時，工作人員名單幾乎又長了一倍。如此多的助手，指揮起來確實麻煩。依照當時一份德國雜誌的報導：

她為（奧運）第三天那個重要的下午分配了七個小時，與三十四名攝影師每一個單獨討論他需要拍的五個不同鏡頭，又額外與他們每一人聊了十分鐘有關材料、濾鏡和光圈的問題。讓我們來算一下：三十四個人，每個人五分鐘的交代，外加十分鐘的談話。據我的統計，為了組織這個下午的工作，需要整整五百一十分鐘的上午及中午時間……八個半小時的極速談話。難怪她的團隊中要是有一人未能配合良好，便會引起軒然大波。她對待這些攝影師簡直像著了魔似的。

可想而知，《奧林匹亞》的後期製作時間要比她之前的片子都長了許多，成本也直線上漲。希特勒一如既往地寬容她。但她的開支來自戈培爾的部門。從後者的一則日記便能推斷出發生了什麼事：

里芬斯塔爾小姐的情緒徹底失控。根本無法與這種瘋女人共事。她現在要為她的電影追加五十萬帝國馬克（相當於如今上億的新臺幣），並把它變成兩部片子。不知道她公司在搞什麼鬼。我始終保持著完全冷靜的態度。她嚎啕大哭。這是女人的終極武器。但對我不起作用。她應該有板有眼地好好工作。

最後，即便是國外的媒體也風聞了帝國最著名的導演和最愛出風頭的部長鬧得很僵。一些八卦小報甚至開始捏造事實，說部長先生當眾摑了導演小姐的耳光，讓她走投無路，只好逃往瑞士。領導大人終於決定插手，和戈培爾一起去一趟她的別墅，為媒體製造一場合影的機會。全世界都得知道在帝國之內只有和諧和歡樂。

她做起事來像工作狂，她的老闆也曾經是希特勒，但這都不能解釋她的風格。真要分析，恐怕得搬出一對早已過時的美學術語：美麗與崇高。

簡略地說，喜劇是美麗的，悲劇則是崇高的。花園和彩虹屬於前者，火山與瀑布歸於後者。一個令人賞心悅目，另一個引起敬畏。

換言之，里芬斯塔爾的作品之所以「迷人」，並不是因為它們的美學觀建立在法西斯主義的基礎上。老實說，無論是哪種藝術風格，本身都不可能持有政治屬性。當然，要是一種藝術形式在某個政權的統治下特別流行，事後的確很難再把兩者拆開。就連一般學者都做不到。問題是，如果希特勒最初看中的是米老鼠，而非萬字，難道唐老鴨——以及所有模仿迪士尼風格的卡通——也都成了法西斯藝術？

不，里芬斯塔爾的作品之所以迷人，是因為它們混和了美麗與崇高。她喜歡在崇高的大自然（高山、沙漠、海洋）中觀望美麗的個體（舞者、戰士、熱帶魚）。所以她的電影、她的照片、她的整個風格才如此奇特，一方面讓人覺得熟悉、愉悅，另一方面又令人感到疏遠，甚而心驚。

尤其別具匠心的，是那些帝國時期的紀錄片。她知道人山人海的集會和體育場會令人折服，就因為它們規模宏大、氣勢如虹。穿插在那些鏡頭之中的，卻是和諧的整齊畫面：一個接一個踢著正步前進的步兵方陣、成千上萬同步做團體操的年輕女孩。她總是能在混沌與秩序、動盪與平靜、威武與親切之間找到平衡。因為她知道，少掉一個抱著幼兒的婦女向希特勒獻上鮮花的鏡頭，一個全場軍人向他舉手行納粹禮的場面就失去了一半的效果。

影像的秘密

THE
SECRET
LIVES
OF
IMAGES

Chapter 06

事實上，法西斯主義並不是唯一崇拜壯男強女的政治體制。藝術本身就長期陶醉在力與美之中。這並不是因為自古以來藝術家都默默支持專政，而是因為絕大多數的人都喜歡漂亮、敬佩勢力。說白了，沒有一個文化不仰視英雄，不嫌棄弱小、朽邁、醜陋。界定一個文化的標準，是看它能否勉強接受，還是一概拒絕，那些偏離了理想的人、事、物。尤其是人。

不消說，第三帝國選擇的是拒絕。詭異的是，在「拒絕」的過程中，竟然沒有人知道或看到任何不尋常的事。至少，當盟軍解放了一座又一座集中營，救出一個又一個囚犯，搬出一具又一具屍體，帝國的人士都是這麼說的。

至於少數那些當場被逮到的倒楣鬼——掌管集中營的「管理員」，用囚犯做人體實驗的「醫生」，操作毒氣室和焚屍爐的「工作人員」——他們也同樣一無所知。怎有可能輪到他們知道？他們只是在服從命令，如此而已。

誰下的命令？大部分人都清楚該指向誰。只有希特勒的雙手沾滿了鮮血。只有他得對第三帝國統治下的所有「危害人類罪」負責。但或許就連他也沒罪，就像一個接一個「修正主義歷史學家」堅稱的那樣（基本上都是他的瘋狂粉絲）。領導大人從沒批准針對猶太人的「最後解決方案」（亦即斬盡殺絕），他甚至沒聽過這碼事，那些所謂的歷史學家們說。一切都是背著他進行的；皆是他那些精神錯亂的下屬幹的好事。

其實，那些下屬也不必負責，另一批「修正主義歷史學家」指出（基本上都是狂熱的反猶分子）。因為根本不存在罪案。六百萬死去的人？極其誇大的數

拍攝《意志的勝利》。他站在車內，她則跪在攝影師後面，擁抱大地，只為了讓攝影機——以及之後的電影觀眾——仰視他。

字，那些所謂的歷史學家們說。百分之一也不到。而少數那些確實在戰爭期間死去的猶太人？他們全都死於自然原因或意外。德國又不是一家保險公司，關她的人民屁事？

所以，六百萬人被屠殺，連頂罪的人都不需要。

里芬斯塔爾對此有何看法？

其實，她無需煩惱——哪怕在戰後她有將近六十年的時間思考。她要聲明幾次大家才明白？她對政治不感興趣。她只關心藝術。

如此看來，德國思想家班雅明（Walter Benjamin）為那些向法西斯主義看齊的藝術家發明的拉丁警句，再貼切不過。「Fiat ars—pereat mundus」：天地可毀，藝術長存。（班雅明戲仿的是頌揚法治的一句格言：「Fiat iustitia et pereat mundus」——「天地可毀，正義必存」。）

換言之，為了讓自己的電影脫離納粹的陰影，里芬斯塔爾必須扮演一個只願與藝術為伴的唯美主義者。「藝術家只知道一種奮鬥——為自己作品的完美而做出的奮鬥」，她堂而皇之地奉告天下。「藝術家只曉得一種自由——將想法與創作統一的自由。」

也許這就是為何她從不覺得有必要表達歉意，為自己在納粹時期的所作所為感到遺憾。在她自己的世界裏，清白無辜就像舞臺的聚光燈一樣，與她寸步不離。

況且，道歉就意味著她做了錯事，不該拍那些紀錄片，哪怕是《奧林匹亞》。這麼一來，那些作品全將被打入道德的冷宮，與那些根本不該存在的東西並列：讚美暴君的詩歌、紀念戰犯的豐碑、推崇連環殺手的小說。如此珍惜自己才華的人，豈有可能忍痛割愛，放棄畢生最優秀的電影？即使在戰後，她也堅持不懈地在一場又一場官司中力爭《意志的勝利》的著作權。任何電影想引用此片的鏡頭都得付她版稅，任何影院想上映它都必須取得她的同意。

Chapter 07

「戰後我過的日子，不叫生活」，她如此抱怨道。「我只是在人類最骯髒卑鄙的泥淖中爬行。」

她說得沒錯。但她從沒問過自己，有多少泥淖是她自己找來的？要不是她滿口謊言，豈會有那麼多麻煩？

僅舉一例。戰後，一家八卦雜誌揭穿了一則黑幕。那些在《低地》中客串西班牙人的臨時演員皆是戰俘營的囚徒。他們被關只因為自己是吉普賽人；他們演戲只因為沒有其他選擇。

其實，對里芬斯塔爾自己而言，選擇也不多。她可以試圖去找六十八個願意打打零工的西班牙人（《低地》的故事發生在那裏）。鑒於當時的戰爭，就算她付高薪恐怕也無法在德國境內招來這麼多無所事事的外地人。即便如此，使用強制勞工還是不可寬恕——哪怕她堅稱那些囚徒在她那裏得到的待遇遠比在監獄裏要好。

誰能反駁她？這世上應該沒有多少人寧可待在監獄裏——而且還是納粹監獄。唯一能反駁的，是她聲稱自己在戰後又見到了「幾乎所有的」吉普賽演員。

這，難度確實有點高。那些吉普賽人在她鏡頭前露面不久後便被送進集中營。絕大多數都在那裏遇害。

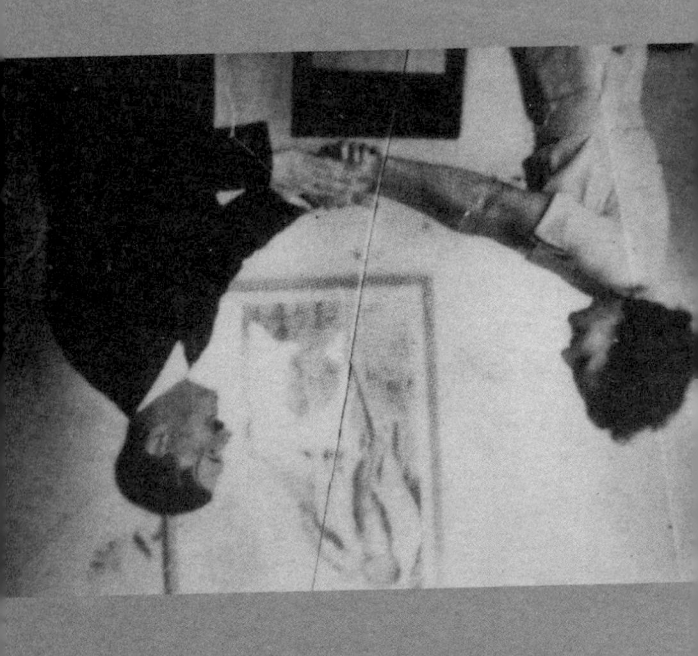

一九三七年在她的別墅。儘管他來訪是為了讓媒體拍宣傳照，兩人打招呼的方式仍比一般這種場合要親密的多。她熱情地把雙手交給他。他的一隻手從下面托住她的手，另一隻從上面輕輕地觸摸著，幾乎是撫摸。

這不是說她需要為他們的死負責。她也無法猜到他們會被送到所有集中營中死亡數最高的那個（奧斯維辛）。但她還是撒了謊。為了減輕自己使用奴工的道德缺失，彷彿那些人都不曾對她有過怨言。還為了讓自己看上去溫馨體貼，彷彿她一直與自己合作過的人保持聯繫，哪怕是臨時工都會牢記在心。

事實上，她只是利用了一批沒有自衛能力的人——而且還不止一次。第一次是在他們活著時，替她的電影添加點逼真感。第二次是在他們大部分人死去後，替她自己贏得些好感。

•

粉飾自己的錯誤，隱瞞尷尬的事情，吹噓自己的功德：這皆是人之常情。只不過，到了她身上，事實與謊言之間的距離也未免太大了些——足以讓整個德國裝甲師長驅直入。

或許正因如此，她才會衝著那些向她詢問事情真相的人大光其火。不僅因為她怕實情揭露後自己下不了臺，還因為她受夠了那些人的虛偽。大家都不想談的是：戰後有多少納粹公務員及支持者很快又重拾了戰前的生活，不但名譽無損，還坐回原先的位置。這當然也是萬不得已。如果所有罪犯都受到了懲罰，還能剩下多少人來重建德國？既然往者不可諫，何必再班荊道故？

可惜她沒那麼好運。鑒於自己在納粹期間的高曝光率，更別提與希特勒的私人關係，她成了整個國家的替死鬼。無法提及自己的往日，大家都把目光轉向她的過去。不幸的是，她無法反訴那些指控她的人，說他們以五十步笑百步。這樣做意味著她確實明白自己也有過錯。所以她只好在骯髒卑鄙的泥淖中繼續爬行。

影像的秘密

THE
SECRET
LIVES
OF
IMAGES

Chapter 08

她的名字總是被拽入污泥濁水，或許還得怪她父母。倘若她長相醜陋或身為男人，哪會有這麼多人對她說三道四？

不妨看個反例。攝於一九四〇年的《猶太人蘇斯》號稱一部有根有據的劇情片。但它完全扭曲了歷史，實際上是一部特意醜化猶太人的納粹宣傳片。在戰後，片子的導演兼劇作家哈倫（Veit Harlan）卻照樣拍片子。有兩三部還挺叫座的。

也許可以這樣理解。因為哈倫只有三流水準，他的影響力無法與里芬斯塔爾比肩。這麼說確實無誤，但還是存在一個小問題。作為戰後「新德國電影」主將之一的文德斯（Wim Wenders）在一九七〇年代就解釋過：

> 我不認為世界上有任何一個地方的人民有遭到像我們這樣的損失，不敢相信自己創造出的影像、自己說出口的故事……因為從來沒有哪個國家在哪個階段有像（納粹德國）這樣，如此不要臉的濫用影像和語言，把它們當成傳達謊言的工具。

毫無疑問，里芬斯塔爾「濫用」了影像。但哈倫最為人知的片子也是一個「傳達謊言的工具」。更有甚者，作為帝國票房最高的電影之一，它毫無疑問助了納粹黨一臂之力，替他們抹黑猶太人的形象。

所以，為何一個導演可以逍遙法外，另一個仍遭人排斥？難道僅因為一個是男人，一個不是？

一九三七年在她別墅的合照。上圖：她和他站在最右邊。兩人的手擺出同樣的姿勢。是出於默契還是無意中模仿了對方？與此同時，戈培爾（右起第三）一副狼狽相。據她戰後的說法，宣傳部長也是她的追求者，敗下陣來便成了她的敵人。下圖：做給希特勒看的姿勢既清純又風騷。領導大人看起來像在克制自己。是在控制欲望還是憋屎？

從初露鋒芒的那一刻起，她就沒想做一個傳統女人。堅強獨立的意志，不屈不撓的個性，讓她不怕主動去追求任何東西。包括男人。或許尤其是男人。當她決定不再做處女時，便選了一個帥哥，直接找他約會。

難怪到了晚年，媒體問她性格中最顯著的特徵是什麼，她會毫不猶豫地選擇堅強的意志。靠著它，她開創了一個又一個事業：舞蹈家、演員、導演、攝影師、潛水家，甚至傳記作家。

「我一輩子都不想依賴別人」，她在回憶錄中寫道：

當我看到父親有時對待母親的方式——就因為上漿的襯衫領口解不開扣

子，他便像一頭大象那樣急躁地跺腳——我就對自己發誓，在我之後的人生，決不會有人指揮我。一切將由我自己做主。

她最後那句話的直譯是：「只有我自己的意志才能決定」（Nur mein eigener Wille sollte entscheiden）。確實如此。沒人能隨便支使她；唯有她自己能作出「決定」（Entscheidungen）。（難道僅是巧合？「決定」也是領導大人最愛用的詞語之一。）

只可惜在男人統治的這個世界裏，女人多半只有聽命的份兒。好在庇護她的那個男人，有這麼十年是這顆星球上最有權勢的人物。在帝國不斷擴展的邊界之內，沒人敢公開跟她叫板（就連戈培爾都學乖了）。當然這只加劇了問題。在她背後，流言蜚語滿天飛。推測她與領導大人之間的關係幾乎成了納粹高層茶餘飯後的樂事。戰後，這些猜測不再是葷段子了。至少不完全是。畢竟，就像英語中的一句諺語所言，跟狗同床的人起身時，有誰不沾幾個跳蚤呢？

Chapter 09

所以，她跟他，到底有還是沒有？

他在世時，她總是忸怩作態、王顧左右地避開問題。她很清楚這種流言只會有助於自己的事業。至於領導大人，熟悉他的人，多半都不相信。例如，在他身邊擔任了十二年秘書的施羅德（Christa Schroeder），就一口否定（這還是在她老闆去世多年後）。「許多有關他的說法都不正確」，施羅德如此說。「有一種女人是不會反駁這種謠言的。里芬斯塔爾就是這種女人。她用它來達到自己的目的。」

和希特勒一起藏身柏林地堡直到最後時刻的米施（Rochus Misch）——領導大人的忠誠保鏢——同樣不認為謠言是真的。與施羅德不同的是，他在自己的回憶錄中暗示了兩人之間的確切關係：

我記得有一次里芬斯塔爾來訪。她是個非常迷人的女人。當我向（希特勒的副官）肖布（Julius Schaub）報告她到來時，他用自己的方言咕噥了一句：「她沒準又是來要錢的——哼。」

也許事情真的這麼簡單。她是個藝術家，他是她的贊助人。她需要金錢搞藝術，他掏出口袋裏的銀子。僅此而已。

只不過，至少在最初階段，她曾是作為他終身伴侶的最佳人選。戈培爾以及他的妻子就一再為他們製造機會。為何不？兩人都未婚，都野心勃勃，似乎都命中註定要幹一番超越凡人想像的大事。

一九三七年在她的花園裏徜徉。戈培爾似乎刻意退到自己的精神空間裏，讓另外那兩人作伴。希特勒全神貫注，彷彿在思考該對她說些什麼。只有她毫不費力就能風姿優雅，不愧為演員。

然後呢？

希特勒多年的密友漢夫施丹格爾（Ernst Hanfstaengl）留下一段滑稽的描述：

（里芬斯塔爾）有一天出現在一個晚宴上。她是個魅力十足、討人喜歡的女人，一下子就說服了希特勒和我們去參觀她的家。她的地方裝飾著許多大鏡子和其他巧妙的玩意兒，但不俗氣。既然那兒還有一架大鋼琴，我便知道該怎麼做了。戈培爾夫婦隨即走過來，俯在樂器上，以便給他們希望發生的事情一點機會。這麼一來，就只剩下希特勒一個人站在那裏，尷尬地不知所措。我看著他研究書架上的書，里芬斯塔爾則施展出女人的所有花招。等到戈培爾夫婦決定時機已到，我們便提早離開，讓他們兩人單獨相處——再次無視安保措施。但我們顯然把過高的期望寄託在這場夜間的促膝談心上。幾天後，在飛機上，我恰好坐在里芬斯塔爾旁邊，便問起希特勒的事兒來了。她以她著名的聳肩動作回答了我。

在她本人的回憶錄中（出版於領導大人去世後四十多年），她堅稱自己才是沒有動心的那一方。即使是在他們初次會面的時候，他就已經向她示愛了：

過了一會兒，他的表情和聲音突然變了。他激昂地宣佈：「政治使命充斥著我生命的每個角落。我感到自己是被召喚來拯救德國的——我不能也無法拒絕這種召喚。」

這是另一個希特勒，我在體育場看到的那個（他當時在演講）。天變黑了……我們默不作聲地走著，肩膀挨著肩膀。一陣長長的沉默後，他停了下來，看著我，慢慢地伸起手來，把我拉進懷裏。我當然不想要這樣的情節。他熱切地凝視著我。當他意識到我沒反應時，馬上放開了我，別開身體。他舉起雙手祈求地說：「在完成大業之前，我怎能愛一個女人？」

他的情人是德國——沒錯，他確實喜歡這麼說。但難道這就得排除一切風流韻事？

「我的戀愛，」她說他曾這樣對她說，「大部分痛苦不堪。那些女人不是已經結了婚就是想要結婚。」至於他自己：「我完全不適合婚姻，因為我不可能忠貞。我知道偉大的男人都有情婦。」最後這句話在她聽來「稍帶諷刺的口吻」。但她依然確定一件事：他「想要擁有」她。

她發表回憶錄幾年之後，在一次訪談中，她的說法剛好相反。或許正因為是她沒加思索、脫口而出的話，聽起來才比較可靠（天知道她花了多少年構思並且修改回憶錄中的所有故事，尤其是牽涉到第三帝國的部分）：

可以這麼說，我很高興我不是他喜歡的類型……他愛在公開場合與我這樣的人一起露面、談話。如果他真想要的話，我們也會成為情人；如果他提出這樣的要求，我確實無法拒絕。我只是非常高興他沒這麼做。

他沒有確切地提出「要求」，她對此感激不盡。可他暗示過嗎？即使一塊木頭也知道，向女人求愛的方法不止一種。

因為說來說去還是他在那些照片中的表情，傻乎乎地看著她，眼中跳躍著火花，腦子裏八成還有星星在閃。沒有人會這樣看一個不過是自己欣賞的藝術家。若真有，也沒有多少人想得到別人的贊助了。

或許這能解釋為何他會找她拍黨集會。他想贏得她的好感。他給予的這份工作相當於一顆五克拉鑽石。倘若如此，她是這世上最後一個會承認這一點的人。她是如此相信自己在各方面的才華，根本不可能會考慮到自己很有可能還靠了美貌才獲得如此多的機會。

唯一可以輕易反駁這種假設的是領導大人像謎一樣的性取向。雖然坊間能找到不少書籍分析這問題，提出的闡釋卻五花八門，涵蓋了大部分能想像的性行為。

但人人都知道——因為他自己總是不厭其煩的重複——他真正心愛的女人，且唯一想娶的，是他的外甥女（里芬斯塔爾在回憶錄中也提到此事）。不幸的是，她在一九三一年就自尋短見，年僅二十三歲。至於原因，以及她是否回應過他的感情，同樣眾說紛紜——就像所有涉及到他私生活的話題那樣。

至於布勞恩(Eva Braun)——他實際上娶的那名女子，哪怕只是在自己生命中的最後四十小時，在兩人一起自殺之前（以免被步步進逼的蘇聯紅軍捕獲）：不少學者認為他們長達十多年的關係只是純精神的友誼。

所以說來說去還是里芬斯塔爾。她和希特勒兩人。一個是貨真價實的男人殺手，幾乎從未遇到過一名對她無動於衷的異性。另一個則把德國稱為自己的情人。要是他在生命的盡頭與一個有血有肉的女人結婚，那也只是出於無奈：因為他的抽象情人到了一九四五年已成為一片廢墟，她的城市被炸成平地，她的子民流離失所，她的軍隊傷亡殆盡。要是作為全民領導的他不選擇自盡，也未免太說不過去了。

但在他死前的那些日子裏，他和里芬斯塔爾兩人確實可以，或許也應該，扮演一對戀人，絕對要比彭忒西勒亞和阿喀琉斯的神話愛情精彩得多。

里芬斯塔爾沒想到要拍這樣一部片子確實遺憾。她最擅長的，一輩子也都在演的，就是「里芬斯塔爾」這一角色：一個童話般的藝術女王，愛上了希特勒擁有的權力，並因為他而名譽掃地。

舉起自己的最愛：萊卡相機。終身沉迷於完美的影像，從她當上導演的那一刻起，她只用最優秀的攝影師。她早期的一個男友是當時這一行中最出色的，後來免費替她拍攝《藍光》。

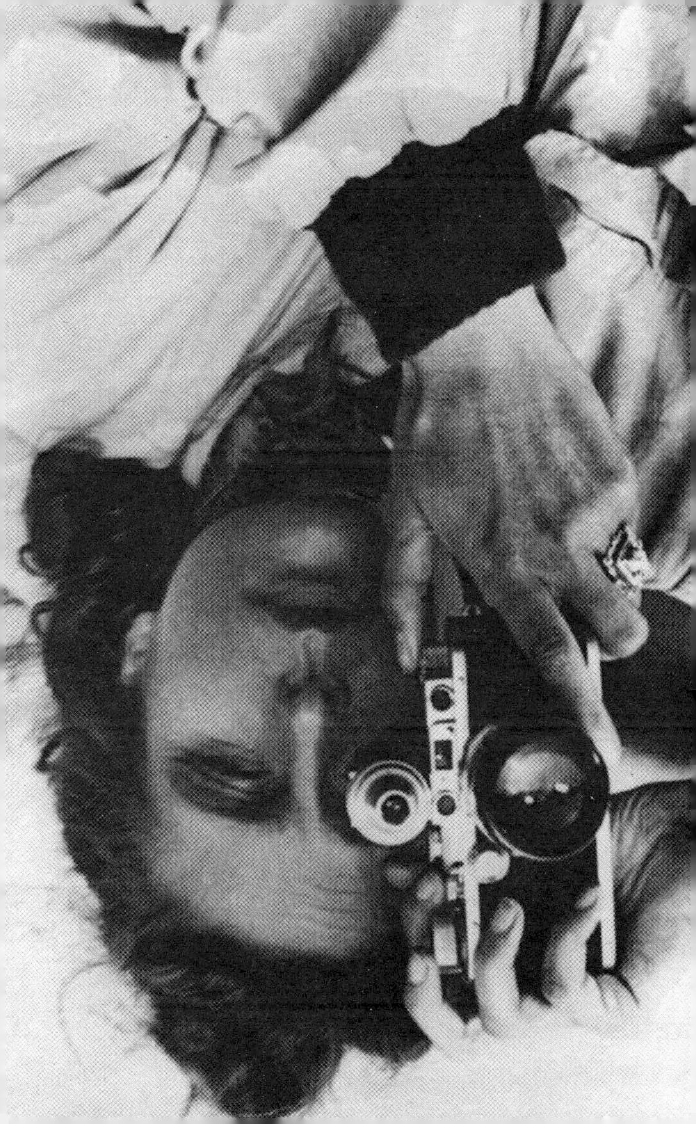

國家圖書館出版品預行編目資料

影像的秘密 / 李煒著. 文敏譯. — 初版. — 臺北市：
甯文創，民105.06
112面 ； 10.5x14.8公分. -- (梵行路書系 ； 16)
ISBN 978-986-87548-8-1 (平裝)

855　　　　105008217

梵行路書系 16

影像的秘密

The Secret Lives of Images

出版人 | 陳念萱
作者 | 李煒
譯者 | 文敏
主編 | 陳秋玲
美編 | vision視覺藝術工作室
法律顧問 | 羅明通律師
出版者 | 甯文創事業有限公司 Email: ningfeifei9813@gmail.com
發行統籌 | 華品文創出版股份有限公司　地址：100台北市中正區重慶南路一段57號13樓之1
讀者服務專線：+886-2-2331-7103　傳真：+886-2-2331-6735
Emai：service.ccpc@msa.hinet.net　部落格：http://blog.udn.com/CCPC
總經銷 | 大和書報圖書股份有限公司　地址：242新北市新莊區五工五路2號
電話：(02)8990-2588　傳真：(02)2299-7900

製版與印刷 | 卡樂彩色製版印刷有限公司

2016年（民105）6月初版一刷
定價 | NT$222

ISBN 978-986-87548-8-1
Printed in Taiwan